Straßen · Gassen · Plätze

Von diesem Werk wurde im Oktober 1981 eine Auflage von 6.000 Exemplaren hergestellt.

Die graphische Gestaltung und der Entwurf des Schutzumschlags stammen von Hans Schaumberger.

Das Titelbild von Franz Hubmann zeigt eine alte Gaslaterne in der Schrankgasse im VII. Wiener Gemeindebezirk. Die Zeichnung von Kurt Moldovan auf Seite 5 zeigt einen Dachblick auf die Wiener Ringstraße; die Reproduktion erfolgte mit Genehmigung des Verlages Galerie Welz in Salzburg.

Die Farbphotographien auf den Seiten 13, 14, 15, 16, 17, 18, 19, 26, 27, 30, 31, 35, 38, 43, 44, 58 und 59 stammen von Franz Hubmann, auf den Seiten 20, 21, 22, 23, 24, 25, 28, 29, 32, 33, 34, 36, 37, 39, 40, 41, 42, 45, 46, 47, 48, 49, 50, 51, 52, 53, 54, 55, 56, 57 und 60 von Gerhard Trumler.

Die technische Betreuung erfolgte durch Franz Hanns, die lektoratsmäßige Betreuung durch Brigitte Hilzensauer.

Das Buch wurde bei C. & E. Grosser in Linz gedruckt. Die Reproduktion der Abbildungen erfolgte ebenfalls bei C. & E. Grosser.
Gesetzt wurde in der Garamond-Antiqua, 14 auf 16 Punkt, in der RSB Fotosatz Gesellschaft m.b.H., Wien, gebunden beim Wiener Verlag in Himberg.


Verlegt von Molden Verlag Wien Gesellschaft m.b.H.
ISBN 3-217-01383-2

# Straßen · Gassen · Plätze

*Bildzeugnisse österreichischer Kultur*

*Herausgegeben von*
*Christian Brandstätter und Hans Schaumberger*

*Mit 87 Farbabbildungen nach Photographien*
*von Franz Hubmann und Gerhard Trumler*

*Text von Maria Rennhofer*

*Molden Edition Graphische Kunst, Wien–München–Zürich*

Der Mensch als „Zoon politikon“, wie Aristoteles ihn definiert hat, als geselliges, gesellschaftliches Wesen: Schon sehr früh in der Geschichte hat sich dieser Wesenszug ausgedrückt: der Mensch suchte die Nähe des Menschen, die Beziehung zur Gemeinschaft, die sich daraus entwickelte. Und zwar nicht nur die der intimen Gemeinschaft innerhalb der Familie, sondern jene der größeren Gruppe, von der man sich Schutz und gegenseitige Hilfe erwartete, Stärke und Erfüllung des Grundbedürfnisses nach Gemeinsamkeit und Freundschaft.

Der Mensch siedelte sich in Gruppen an, in Wohnstätten von loser Gruppierung – mit genug Raum dazwischen, um doch auch dem gleichzeitig existierenden Wunsch nach Distanz, nach Abgrenzung zum anderen gerecht zu werden: die Straße, der Platz waren geboren.

Der öffentliche Raum hatte vielfache Funktionen: Verbindung zwischen den Häusern, Schauplatz für Handel und Gewerbe und die Abwicklung von Geschäften verschiedenster Art, Zentrum der Kommunikation. Straße und Platz wurden Standort für den Markt, Treffpunkt zum kleinen Plausch zwischendurch, sie erhielten ihre Bestimmung als Agora und Ort der großen Diskussion, der Auseinandersetzung und der politischen Entscheidung in der Antike.

Das Zentrum der Gemeinschaft bildete schließlich der Brunnen: beim Wasserholen stellte man die Verbindung zur Gesellschaft her, und der öffentliche Ort sorgte für den Austausch von Nachrichten und Neuigkeiten, für die Bekanntmachung politischer Manifeste und Erklärungen.

Die Bedeutung der Straße, der Gasse, des Platzes hat sich bis in die Gegenwart recht stark verändert – zumindest in den Städten. Die Funktion der Verbindung, der Verkehrsfläche, hat als Zeichen unserer heutigen Schnellebigkeit an Wichtigkeit gewonnen. Straßen und Gassen wurden mit der Einführung immer neuer, noch schnellerer Verkehrs- und Transportmittel auch als immer kleiner, kürzer und schmäler empfunden, so daß man es sich heute nicht nur leisten kann, sondern gar nicht mehr anders kann, als sie größer und breiter zu bauen.

Weder die Wehrhaftigkeit früherer Städte mit dichtgedrängten Gassen innerhalb enger Stadtmauern noch die Intimität ländlicher Marktplätze sind heute noch besonders relevant.

„Dem allgemeinen Verkehr dienende befestigte Fläche von ausreichender Breite und großer Länge innerhalb oder außerhalb von Gemeinden“, so sachlich-kühl definiert das Lexikon die Straße. Wir müssen achtgeben, daß dieser auf das Minimum reduzierte Anspruch nicht eines Tages allein übrigbleibt.

So wie heute war die Straße seit jeher Spiegelbild ihrer Epoche, Ausdruck des Zeitcharakters – unabhängig davon, ob in Stadt oder Dorf: von der offenen Agora der Antike, umgrenzt von säulengetragenen Gebäuden, zum winkeligen Zusammendrängen der Häuser von Bürgern und Handwerkern im Mittelalter, über die heimeligen Gäßchen zwischen schnörkelverzierten Biedermeierhäusern bis zu den funktionellen Verkehrswegen heutiger Sachlichkeit.

Und eines wird plötzlich deutlich: der Charakter der Straße ist geprägt von den Häusern, die sie umschließen. Von der Landstraße einmal abgesehen, ist jede Straße innerhalb eines

Siedlungsgebietes das Schaufenster für Fassaden, Tore – pilaster- und simsverziert –, für Fenster, Balkone, Erker und Giebel, für verspielte Wandmalereien und kühle Betonfronten, für bröckelnde Verwahrlosung und auf Hochglanz perfektionierten Prunk, Auslage für Armut und Elend, für Wohlstand und Überfluß.

Aber nicht nur die Häuser allein sind es, die der Straße ihr Gesicht geben. Das Pflaster gehört dazu, alte, holprige Granitsteine oder makelloser Beton, kunstvolle Muster in Stein oder gestampfter Lehm. Und darüber der Streifen Himmel, der den Blick weit werden läßt und die Gedanken frei – oder ihn einengt und die Meinung engstirnig macht. Und dies ist gar nicht immer von der Breite der Gasse, von der Weite des Platzes allein abhängig. Die Höhe der umgebenden Häuser und Gebäude, Bäume – und nicht zuletzt die Menschen, die dort wohnen –, all das trägt dazu bei, ob uns der Ort harmonisch, ausgewogen erscheint, ob wir uns wohlfühlen oder ob wir uns gefangen fühlen in ausweglosen Schluchten und nichts Eiligeres zu tun wissen, als schnell den Fluchtweg zu finden.

Es sind gar nicht immer die Herzeig-Straßen, die Schmuckkästchen-Plätze, die uns verweilen lassen. Sorgfältige Restaurierung, ausgeklügelte Details und kunstfertige Verzierungen sind es meist nicht, die den Reiz ausmachen. Das einfache, aus jahrhundertealter Aufgabe von selbst entstandene Gäßchen im verlassenen Dorf fasziniert durch seine unberührte Natürlichkeit. Der kaum beachtete Brunnen an der Straßenecke, an dem wir vielleicht schon hundertmal vorbeigeeilt sind, fällt plötzlich ins Auge und läßt für Sekunden den hektischen Verkehr rundum vergessen. Der Marktplatz mit den schon etwas ramponierten Häuserfronten im Hintergrund weckt plötzlich Erinnerungen, die längst verschüttet schienen.

Ganze Orts- und Stadtteile entstehen heute neu. Menschliche Ansiedlungen dehnen sich weiter und weiter in die Landschaft, während andere Dörfer, in abgelegenem Gebiet meist, veröden, Häuser, seit Jahren verlassen, von einstigem Leben und einstiger Schönheit nur mehr träumen.

Aber bleiben wir bei den lebendigen Orten, die immer noch neue Menschen anziehen, für die wieder neue Lebensbereiche geschaffen werden: die Satellitensiedlungen in den Randgebieten, in hilflos scheinender Planung entworfen, entsprechen ihrer Intention nicht, machen ihre Bewohner unglücklich. Der Platz zwischen hohen Betonsilos, als Nachfahre des Marktplatzes mit dem Brunnen, als neues Kommunikationszentrum gedacht, erfüllt seine Aufgabe nicht mehr.

Liegt es an uns, an den heutigen Menschen? Haben wir die Fähigkeit verloren, miteinander zu kommunizieren und diese Urfunktion von Straße und Platz, die Gemeinsamkeit, zu verwirklichen? Oder liegt es eben an den Straßen und Plätzen, die heute entstehen? Vermögen sie nicht mehr die Atmosphäre herzustellen, die zum Stehenbleiben, zum Verweilen und Plaudern einlädt?

Fast scheint es, als läge es daran. Und vielleicht setzt sich auch die Einsicht wieder durch, daß Technik, Schnellebigkeit und Hast uns zu einer Lebensweise verführt haben, die kaum einen von uns glücklich macht. Und daß die renovierten und revitalisierten alten Stadtviertel, die zum Bummeln verführenden Fußgängerzonen und Flanier-Gassen wieder neu entdeckt werden, spricht doch für die Annahme, daß es an den Plätzen und Gassen selbst liegen muß, ob wir uns dort wohlfühlen oder nicht.

Kehren wir daher zurück aus den supermodernen, aber unmenschlichen Randbezirken in die alten Stadtzentren. Enge Gäßchen und Wege, Stiegen zwischen steil übereinandergeschachtelten Mauern, aus denen die Geschichte nahezu greifbar zu fühlen ist. Man sollte sich ab und zu die Zeit nehmen, durch solche Viertel zu streifen, und man wird Bilder von unerwartetem Reiz finden: ein stiller Hof, ein blätterüberwachsener Hauseingang, ein dunkel-unheimlicher Flur – Bilder, die uns um Jahrhunderte zurückversetzen und uns längst vergessene Wunder erleben lassen. Alte Hauszeichen, von Wind und Wetter verrostet oder strahlend in frischgeputzter Messingpracht, erzählen von Handwerkszünften und wohlbestallten Bürgern. Das stets dämmrige Licht dieser verborgenen Steige und Passagen sollte uns nicht davon abhalten, nach oben zu sehen und plötzlich ein Detail zu entdecken, einen verzierten Fenstersims vielleicht, das Bild eines Schutzheiligen über der Eingangstür oder einfach einen blühenden Blumenstock auf dem Fensterbrett im dritten Stock. Das einsamste, verlassenste, abweisendste Gäßchen wird damit plötzlich freundlich und nimmt der Stille ihre fast bedrückende Unheimlichkeit.

Kleine Geschäfte, beachtenswerte Galerien, Künstler in ihren Ateliers sind heute wieder dort anzutreffen. Die Ruhe der dicken Mauern, die feuchte Kühle der alten Gewölbe scheinen inspirierend zu wirken und ein Ambiente zu bilden, das die schöpferische Kraft der Menschen fördert.

Trotzdem sind wir ein bißchen erleichtert, atmen wir wieder freier, wenn die Straßen breiter werden, das Leben uns wieder spürbar umfängt.

Da stehen wohlhabende Bürgerhäuser, Zeugnisse von erarbeiteter Zufriedenheit und einfachem, ehrlichem Stolz. Und noch ein Stück weiter: die Boulevards zwischen Palais und Patrizierhäusern, die vom Reichtum und Selbstbewußtsein ihrer ehemaligen Besitzer sprechen, jedoch nichts von den unerfüllten Sehnsüchten verraten, von den traurigen, resignierten Gedanken gelangweilter Ehefrauen; nichts von den geheimen Wünschen, von dem von guter Erziehung überdeckten Temperament der von Kindermädchen und Bonne betreuten Kinder; nichts von den phantastischen Träumen der Dienstboten von eigenem Reichtum und eigener Macht.

Dann die wirklichen Prunkstraßen: auch sie meist gepflastert mit Geschichte, eingerahmt von ehrwürdigen Sehenswürdigkeiten. Und je größer die Stadt, desto mehr besitzt sie davon. Hunderte um Hunderte von Schritten geht man entlang an Ehrfurcht gebietenden Steinfassaden, an Toren, so hoch, daß man den Hals recken muß, um ihre geschmückten Pilaster und Voluten zu sehen.

Entlang an schmiedeeisernen Gittern, mit Zacken und Speeren ihre Erhabenheit bekundend. Vorbei an den Monumenten der Berühmten aus Kunst, Wissenschaft und Politik. Die Straße selbst so breit, daß die gegenüberliegende Seite unendlich fern wirkt. Und dazwischen vielleicht noch Baumreihen, die der Stadt ein bißchen Grün verleihen und ein Stück Natur zwischen die Häuser verpflanzen.

So mancher wird jetzt an die Wiener Ringstraße denken, die Adolf Loos so beschrieben hat:

„Wenn ich den Ring entlang schlendere, so ist es mir immer, als hätte ein moderner Potemkin die Aufgabe erfüllen wollen, jemanden den Glauben beizubringen, als würde er in eine Stadt von lauter Nobili versetzt. In Wien verschandeln die architekten die stadt, ohne von der polizei dazu veranlaßt zu werden. Aus freien stücken. Alle größe ist dadurch aus der stadt verschwunden. Wenn ich mich bei der oper aufstelle und zum schwarzenbergplatz hinunterblicke, so habe ich das intensive gefühl: Wien! Wien, die millionenstadt, Wien, die metropole eines großen reiches. Wenn ich aber die zinshäuser am stubenring betrachte, so habe ich nur ein gefühl: fünfstöckiges Mährisch-Ostrau."

Bäume und Alleen findet man auch noch außerhalb der repräsentativen Boulevards. An ihnen kann man den Lauf der Jahreszeiten erkennen, und in den Städten ist es das erste Zeichen des Frühlings, wenn die Alleebäume zwischen Straße und Häuserfronten ihr erstes Grün zeigen.

Die Bäume verleihen den unbedeutenden Straßen draußen in den noch jungen Randbezirken, aber auch jenen in den Kleinstädten jene Individualität, die durch die gleichförmigen Fassaden nach und nach zerstört wurde oder aber niemals existiert hat. Die Straßen und Gassen der Vorstädte, die so stark der Gefahr ausgesetzt sind, in die tote Anonymität aneinandergereihter Zinskasernen zu versinken: häßlich und unbedeutend für jeden – außer vielleicht für den, der hier lebt, hier aufgewachsen ist, Erinnerungen, gute und böse, mit seiner Straße verbindet.

Viel mehr als die Straßen der Kleinstädte und Marktgemeinden sind jene der Großstädte gefährdet, ihre Identität einzubüßen. Es ist genauso wie bei den Menschen: Die Großstadt vermischt alle, woher sie auch kommen mögen, und ehe sie sich versehen, gehören sie zum Konglomerat der großen Masse und müssen sehr achtgeben, ihr Stückchen Persönlichkeit zu wahren. Anders in der Kleinstadt, im Dorf. Wer hier geboren wurde und geblieben ist, weiß, wohin er gehört, und bereits im Nachbarort wird man sein Anderssein erkennen. Die Identitätsprobleme und Neurosen der Bewohner anonymer großstädtischer Sozialbauten sind in kleineren Gemeinden weitgehend unbekannt. Und so haben auch die Straßen und Plätze zumeist ihre individuelle Prägung durch typische Haus- und Dachformen, Fenster- und Türanordnungen, Farben, Höhen, Simse und Torbogen.

Einen ganz anderen Charakter wieder zeigen die Straßen der Villenviertel in den noblen, ruhigen Gegenden der Städte, noch zur Stadt gehörend und doch sorgfältig abgegrenzt von den Durchschnittsquartieren. Hier sind es nicht kahle Beton-, Ziegel- oder Steinfassaden, die Wege und Gassen begrenzen, nicht markante Ecksteine zum Schutz von Mauer und Fundament. Gärten links und rechts, Bäume und Sträucher, höchstens einmal eine bewachsene Parkmauer, ein verziertes Einfahrtstor, Zäune, die die hier Wohnenden vor fremden Eindringlingen und neugierigen Blicken schützen.

Straßen und Gassen: alt und individuell oder neu, kahl, anonym, breit und prunkvoll oder ärmlich, düster, verlassen.

Dann aber weitet sich die Straße plötzlich und wird zum Platz. Weiter Raum, manchmal von Lärm und Verkehr erfüllt, manchmal aber auch noch – oder wieder – ruhig und still, als wäre die Zeit hier stehengeblieben. Plätze voller Leben, von modernen Bürotürmen umgeben oder still und idyllisch, mit plätschernden Brunnen, stillen Goldfischteichen, mit kunstvollen Steinintarsien oder nüchternem Asphalt.

„Die Plätze lieb' ich, die an Nachmittagen
So wunderstill in tiefem Schatten liegen;
Da träumen sie und sind verschwiegen
Vom Tritt der Menge und vom Lärm der Wagen.
Da wölbt ein Dom sein dunkelndes Portal,
Dort lehnt ein blinder Invalide am Pilaster,
Scharen von Tauben trippeln übers Pflaster,
Und oben scheint der Himmel wie Opal."

Soweit Anton Wildgans. Fast jede Stadt, jeder Ort hat einen Platz als Zentrum, einen Platz, der noch aus der ursprünglichen Agora, dem kommunalen Mittelpunkt, entstanden ist. Berühmte Plätze zum Teil, die jeder kennt, deren architektonische Harmonie aber nicht selten übertroffen wird von der einfachen Klarheit alter Dorfplätze.

Dazu gehören all die Details, die den Platz erst zu dem machen, was er ist: neben den schon genannten Brunnen und Teichen sind es die verschiedenen Denkmäler, Statuen, Kandelaber und Laternen, die ihm Charakter verleihen.

Es ist noch gar nicht so lang her, daß man begonnen hat, Städte und Dörfer zu beleuchten. Erst damit wurden Straße und Platz auch noch abends Treffpunkt zum Bummeln und Flanieren. Dunkle Elemente wurden abgeschreckt, die Sicherheit verbessert – und schließlich weiß man aus den eigenen vier Wänden, wieviel Stimmung und Atmosphäre durch das Licht geschaffen – oder auch zerstört – werden kann. Breite, hellerleuchtete Straßen, die auch nachts noch im Luxus glitzern – und daneben dunkle Gassen mit trüben Laternen, die lange Schatten werfen, Wege und Höfe noch unheimlicher wirken lassen, als wären sie völlig im Dunkel.

Stille Parks mit vereinzelten Lampen, die oft genug in den Baumkronen versteckt sind, Bänke und Kieswege verwaist ohne die Kinder, die sie tagsüber mit Leben erfüllen. „Park einer Stadt, Enklave aus einfach geschichtetem Raum unter all den vertikalen Verschränkungen", schreibt Barbara Frischmuth. „Die Wege sind matt erleuchtet, durchschnitten vom Schatten der Ziersträucher, von kleinen Teichen umgeben, in denen Enten im Traum Schnarrlaute von sich geben. Geflüster hängt in der Luft, ob vom Rascheln der Zweige verursacht, weil ein aufgescheuchter Vogel wieder aufsitzt und sich einigemale hin und her wiegt, bevor er sein Nest wieder aufsucht, oder von Stimmen, selbst ihr Ohr kann es nicht sogleich feststellen. Lieblich beinah, wie die Mischung aus Schatten und Lichtkreisflecken sich anbietet, und doch hat sie etwas Bedrohliches. Viel Bedrohlicheres als die großen Wälder, aber sie weiß nicht mehr, wann und wo sie in den großen Wäldern gelebt hat."

Die Stadt bei Nacht. Und jeder erlebt sie anders. Der Dorfplatz im Dunkel, der Markt verlassen. Stadtcharakter – Straßencharakter – Menschencharakter: sie gehören zusammen, formen und bestimmen einander. Den Ort, die Stadt, den Bezirk, die Straße, in der man wohnt, erlebt man immer anders, als der Fremde es tut. Der Zweck und die Gewohnheit stehen im Vordergrund. Wie oft ist es jedem schon passiert, daß man in der eigenen Umgebung ein Gäßchen, ein Haus, ein Tor, einen Hof, ein Wandbild

entdeckt, das einem noch nie aufgefallen ist, obwohl man vielleicht schon dutzendmal vorbeigegangen ist. Und die Schönheit, die so oft unbeachtet bleibt, wird uns plötzlich bewußt. Meist haben wir nur mehr das Ziel vor Augen, das wir erreichen wollen, sei es ein Geschäft, die Bushaltestelle oder der Autoabstellplatz, und übersehen dabei völlig, was uns auf dem Weg dahin begegnet. Wir haben es eilig ins Büro oder zum Einkauf – und haben fast verlernt zu schauen, mit offenen Augen zu sehen und auch wahrzunehmen. Selten nur noch nehmen wir uns die Zeit dafür, wozu uns Fußgängerzonen, verkehrsarme Straßen und Parkwege verleiten wollen: einfach zu bummeln ohne Ziel, die Leute beobachten und selbst gesehen werden. Seele und Geist ein bißchen freilassen und das tun, was in den südlichen Ländern noch üblich ist: flanieren, Bekannte treffen, Neues sehen und erfahren, in Gruppen beisammenstehen und plaudern.
Müßiggang: welch treffendes, vielsagendes Wort! Spazierengehen. Wir sollten es wieder lernen. Denn es trifft kaum mehr zu, was Friedrich Nicolai 1781 geschrieben hat: „Sicherlich gibt es nirgends in Deutschland so viel Müßiggänger als in Wien." Gewiß ist auch etwas Positives dabei, wenn dieser Ruf sich inzwischen geändert hat, doch ein bißchen ist uns dabei doch auch verlorengegangen.
Wie anders sieht der Fremde die Stadt, zumindest, solange er sich entscheidet, fremd zu bleiben. Das abgetretene Granitpflaster erscheint ihm als Mosaik, er sieht nur die gotischen und barocken Türme, die vornehmen Häuser, die Monumente der Dichter und Staatsmänner, die lebenerfüllten Straßen und Plätze. Erst wenn er lang genug bleibt, wenn er bereit ist, hinter den Sehenswürdigkeiten, die der Reiseführer beschreibt, auch die Stadt und ihre Menschen zu sehen, folgt die Phase der Ernüchterung. Bis diese Ent-Täuschung dazu führt, daß auch der Fremde die Wirklichkeit begreift.
Vielleicht versteht man Straßen, Gassen und Plätze, Häuser und Menschen doch am besten von oben, aus der Vogelperspektive. Neue Bilder zeigen sich: endlose Dächerreihen, Lichthöfe, eng verkeilt zwischen Gebäuden, Mansarden, Dachgärten, Ateliers, die von unten niemals zu sehen wären. Dächerlandschaften zwischen einem unübersehbaren Labyrinth von Haupt- und Nebenstraßen. So hat auch Adalbert Stifter Wien gesehen: Wien aus der Vogelperspektive vom Stephansturm aus: „ein Gewimmel und Geschiebe von Dächern, Giebeln, Schornsteinen, Türmen, ein Durcheinanderliegen von Prismen, Würfeln, Pyramiden, Parallelepipeden, Kuppeln, als sei das alles in toller Kristallisation aneinander geschossen . . ."
Baukastenklein ist alles von oben, klein und unbedeutend – und wir spüren ein bißchen von unserer eigenen Selbstüberschätzung: Die Menschen – Menschen wie wir selbst – sind kaum mehr wahrzunehmen aus der Höhe der Türme. Wieviel kleiner würden sie erst, wenn man sie von noch höher und immer noch höher betrachtete. Und plötzlich verliert alles ein bißchen von seiner Schwere und Tragik.
Wir bauen unsere Städte und Dörfer, unsere Straßen, Gassen und Plätze, unsere Kirchen, Häuser und Wohnungen. Sie sind vom Menschen für den Menschen gebaut – sie sollten nicht die Allmacht über uns gewinnen.

12

10

8

13

11

9

16

19

17

20

18

22

23

24

25

27

28

29

30

29

APOTHEKE
125

35

ALT-SALZBURGER
WEIN·U. SCHNAPSLÖCHL
Eigene Erzeugung
en gros en detail
Schokoladen
Wein Spirituosen
Welt
Süßwaren

36

37

MODISTENGESCHÄFT
C BEUT ER
MODES

38

Lesezirkel
Anna Weber

39 –47

MARKTHALLE
RESTAU
Original Linzer Torte
Antiquitäten Haus
Altstadt

52

53

54

55

56

57

58

59

60

61

62

63

64

65

66

67

4

FRISEUR

Gott bewahr die Stadt
STADT. WEITRA.

ANNO

86

Seite 13
Blick vom Südturm des Stephansdomes auf das Blutgassenviertel hinter dem Dom. Aus dieser Perspektive erscheint das Geschachtel der Gassen und Gäßchen, Häuser und Durchhäuser in Wiens Altstadt besonders reizvoll. Adalbert Stifter hat es so beschrieben: „Der Teil gerade zu unsern Füßen ist die eigentliche Stadt. Wir sehen sie wie eine Scheibe um unsern Turm herumliegen, ein Gewimmel und Geschiebe von Dächern, Giebeln, Schornsteinen, Türmen, ein Durcheinanderliegen von Prismen, Würfeln, Pyramiden, Parallelepipeden, Kuppeln, als sei das alles in toller Kristallisation aneinandergeschossen und starre nun da so fort."

Seite 14
Der Graben in Wien, dessen „Wahrzeichen" die Pestsäule ist, gilt als die vornehmste Einkaufsstraße der Stadt. Flankiert von prächtigen Bauten (im Hintergrund, hinter der Spitze der Pestsäule, sieht man das Braun-Haus und das Otto-Wagner-Haus), ist er, obwohl das frühere „Elefantenhaus", das ihn gegen den Stock-im-Eisen-Platz hin abgeschlossen hat, verschwunden ist, nach wie vor eine geschlossene Einheit. Der Name des Grabens stammt vom römischen Festungsgraben, der zu Ende des 12. Jahrhunderts zugeschüttet und in die Stadt einbezogen wurde. Schon früh war hier das Zentrum des Markttreibens – Kraut, Gemüse, Brot, Fleisch und Eier wurden verkauft; damit war der Graben ein Zentrum des täglichen Lebens und Treibens. Gegen Ende des Mittelalters wurde der platzartige Straßenzug immer prächtiger ausgebaut. Stattliche Bürgerhäuser entstanden. Zu beiden Enden schlossen zwei Häuser (das Elefantenhaus und das Hirschenhaus) den Graben ab; nach der Hälfte des 19. Jahrhunderts aber wurden diese entfernt, so daß die Verbindung zu Kohlmarkt und Stephansplatz offenstand. Manche der prächtigen Gründerzeit-Bauten wurden durch die Bombardements des Zweiten Weltkriegs schwer beschädigt oder zerstört (Haas-Haus); heute aber hat der Graben als Fußgängerzone neues Leben bekommen.

Seite 15
Zwischen Singerstraße und Blutgassenviertel breitet sich im Schatten des Wiener Stephansdomes ein wahres Schornsteingewirr aus. Um den Dom herum liegt das Herz des alten Wien; auch heute noch sind die Straßen- und Gassenzüge mehr oder weniger erhalten und kontrastieren mit ihrem gewundenen und verwinkelten Verlauf nicht zu ihrem Nachteil mit den breiten, schnurgeraden Ausfallstraßen der Großstadt. Früher nahm man in der Anlage von Straßen in der Großstadt nur darauf Bedacht, wo die Häuser und die Bedürfnisse der Menschen eben Platz ließen. Häuser genossen Vorrang vor Straßen; mit dem Ende des 19. Jahrhunderts und dem Aufkommen des Großstadtverkehrs mußte man alte Häuser einreißen, um dem schnelleren Fortbewegen Platz zu schaffen.

Seite 16
Verschnörkelte Ruhebänke laden am Burgring in Wien zum Rasten ein. 1857 ordnete Kaiser Franz Joseph per Handschreiben die Auflassung der alten Stadtbefestigungen und die Schleifung der Basteien an. An der Stelle der Basteien entstand die

Prachtstraße, die nun zu einem der Wahrzeichen Wiens werden sollte: die Ringstraße, kurz „der Ring“ genannt. Das hinter den Basteien liegende unverbaute Glacis wurde zur Bebauung freigegeben. Damit rückten die Vorstädte nahe an Wien heran und wurden schließlich eingemeindet. Die Baugründe am Ring wurden an den Adel, reiche Bürgerliche und Industrielle verkauft, die prächtige Gründerzeitpalais erbauen ließen; dazwischen entstanden Repräsentationsbauten. Wie kaum eine Straße ist der Ring Symbol des unbeschränkten Fortschrittsglaubens der Gründerzeit. So reihen sich an diesem 57 Meter breiten und von je zwei Baumreihen gesäumten Straßenband neben den Palais und Häusern der Reichen die öffentlichen Großbauten: Börse, Universität, Rathaus, Burgtheater, Parlament, Kunsthistorisches und Naturhistorisches Museum, Hofburg, Oper, Akademie. Bis heute ist die Diskussion über den Wert oder Unwert dieser Prachtbauten nicht verstummt, unbestritten aber ist die überragende städtebauliche Leistung.

Seite 17
Der Vorgarten eines Hauses in der Salmgasse im 3. Wiener Gemeindebezirk wird durch einen hohen Gitterzaun von der Straße abgeschlossen. Am mächtigen Pfeiler im Vordergrund befindet sich noch einer der alten Prellsteine, die früher die Ecken der Gebäude vor den Rädern der Fuhrwerke schützten.

Seite 18
Details wie dieses (von einem Lampensockel vor dem Wiener Rathaus) machen den Reiz eines Architekturensembles aus. Leider nur zu oft hat man über der Zweckmäßigkeit und Funktionalität vergessen, auf ein minimales Ästhetikbedürfnis der Großstädter Rücksicht zu nehmen; die Flohmarkt-Manie von heute ist vielleicht auch eine Auswirkung lange Jahre dauernder Architektur-Askese.

Seite 19
Was oben gesagt wurde, gilt auch für diese alte schmiedeeiserne Lampe, die aus verschiedenen Gründen – sei es Pietät, Denkmalschutz oder Fremdenverkehrsinteressen – am Gitter der Neuen Burg und am Maria-Theresien-Platz überleben durfte. Sie trägt die österreichische Kaiserkrone.

Seite 20 und 21
Sicher sind Straßenpflaster wie diese aus verschiedenen österreichischen Städten (*links oben* und *links Mitte* Wien, *links unten* Salzburg, *rechts oben* Schärding, *rechts Mitte* Lienz, *rechts unten* Bludenz, *Seite 21* Graz) dem Großstadtverkehr und modischem Schuhwerk nicht eben zuträglich; dafür vermögen sie für den, der Augen hat zu sehen und der es nicht allzu eilig hat, ungewöhnliche optische Reize bieten. „Katzenkopfpflaster“ müssen mehr und mehr dem Asphalt weichen und erinnern nur noch besonders Phantasiebegabte an das Rollen der Postkutschen auf holprigem Pflaster.

Seite 22
Blick in eine der schmalen Seitengassen der Salzburger Altstadt. Salzburgs Gäßchen und Gassen sind heute aus Fremdenverkehrs-rücksichten teilweise dem Autoverkehr verschlossen; zusammen mit dem vorbildlich zu

nennenden Denkmalschutz in dieser Stadt vermögen sie auch heute noch einen Eindruck zu vermitteln, wie es vor mehreren Hunderten Jahren in der Bischofsstadt ausgesehen hat. Dicht aneinandergedrängte hohe Hausmauern versperren dem Licht den Eingang in die schluchtenartigen Gäßchen, und sicher war von Fenster zu Fenster ein nachbarliches Gespräch über die Gasse möglich, ohne besonders die Stimme erheben zu müssen.

Seite 23
Hall in Tirol ist eines der schönsten österreichischen Beispiele einer großteils erhaltenen mittelalterlichen Stadtstruktur. Dazu gehören natürlich auch die steil bergan und bergab führenden, winkeligen und holprig gepflasterten Gassen der alten Salzstadt östlich von Innsbruck. Hier ist es leichter, einander zu treffen und für ein paar Minuten plaudernd zu verbringen, als auf dem Gehsteig einer breiten, staub- und lärmerfüllten Durchzugsstraße.
Nach der Mitte des vorigen Jahrhunderts berichtete ein Reisender über Halls architektonische Gestalt, die sich seit damals wenig verändert hat: „Der prächtige runde Münzthurm, die ehrwürdige Pfarrkirche, der in einen langen Garten verwandelte Stadtgraben, die massiven, alterthümlichen Häuser, die steilen, bergigen Gassen, die oft durch Gebäude hindurch führenden Treppensteige, auf welchen man mitunter von der einen in die andere gelangt – dies Alles wird seine (d. i. des Reisenden) Vorstellungen übertreffen, welche ihm vielleicht das Bild eines eintönigen, unbedeutenden Landstädtchens gezeigt haben. Das Aussehen der Tiroler Landstädtchen bildet eben wie so manche andere Dinge und Verhältnisse Tirols einen Übergang oder eine Annäherung an Italien und dort kann von der bodenlosen Flachheit, welche in Deutschland so häufig die äußere Erscheinung kleiner Städte kennzeichnet, keine Rede sein."

Seite 24
Durchhäuser in verschiedenen österreichischen Städten (*links oben* Braunau am Inn, *rechts oben* Krems, *links unten* Steyr und *rechts unten* Hartberg) geben reizvolle Ein- und Ausblicke, harmonisch unterteilt durch von Haus zu Haus reichende Bögen. Wie immer in der zum Teil anonymen Volksarchitektur der kleinen Städte verbinden sich Funktion und Form zu einer befriedigenden Einheit, die anscheinend verlorengegangen ist.

Seite 25
Pulkau im niederösterreichischen Weinviertel ist berühmt durch seine langen, schmalen Gassen, die die gegen das Straßenleben hin streng abgeschlossenen Weinhauerhöfe voneinander trennen. Was uns heute als altertümliche Pflasterung reizvoll anmutet, war im Biedermeier wert, als besonders lobenswert anerkannt zu werden: war es doch durchaus nicht selbstverständlich, nicht in zentimetertiefem Lehm versinken zu müssen: „Auch ist Pulkau, wie wir noch bei wenig Märkten Oesterreichs fanden, durchgängig und zwar gut gepflastert, was jedoch erst in der neuesten Zeit und zweifelsohne deßhalb geschah, weil die neu angelegte Straße von Znaim nach Krems hier durchgeführt ward", schrieb der Reiseschriftsteller Schweickhardt 1835.

Seite 26 und 27

Wien war schon im späten 18. Jahrhundert eine Stadt der Wagen und Pferde. Ernst Moritz Arndt schrieb 1798 nach einem Besuch Wiens, daß man mit einer runden Zahl von etwa 700 Fiakern rechne: „Bis 670 habe ich gezählt." Wenn man diesen mit Nummern versehenen Kutschen noch die unnumerierten und die große Zahl der Equipagen des Adels und reicher Bürger zuzählt, kann man sich eine Vorstellung von dem Verkehr machen, der in den engen Straßen und Gassen herrschte. Die Engländerin Frances Trollope, Reiseschriftstellerin und Mutter des berühmten viktorianischen Romanciers Anthony Trollope, schrieb 1837: „Es gab niemals belebtere Straßen als die von Wien", und in einem Buch der Brüder Emile und Jules de Goncourt von 1860 stehen die bemerkenswerten Sätze, die heute wohl niemand mehr unterschreiben könnte: „Seitdem ich diese Stadt des Lärmes und der Bewegung verlassen habe, wo die Wagen daherfliegen . . ., seitdem erscheint mir Paris grau und verdrießlich." Dem Schutz der Hausecken und Wände vor den Rädern dienten die auf diesen beiden Seiten abgebildeten Prellsteine, kunsthistorisch „Radabweiser" genannt. Von einfachen Steinmetzen in unzähligen phantasievollen Formen gehauen, kann man sie als echte Volkskunst bezeichnen. Seite 26 zeigt Prellsteine aus der Wiener Griechengasse *(links oben, rechts oben* und *rechts unten)* und aus der Freyung, vom Palais Harrach *(rechts unten)*, Seite 27 einen Prellstein an der Peterskirche am Graben.

Seite 28

Für romantische Gemüter sind Laubengänge und Toreingänge wie die auf dieser Seite abgebildeten aus Bludenz *(links oben* und *rechts oben)*, Hallstatt *(links unten)* und Innsbruck *(rechts unten)* der Inbegriff malerischer Altstädte. Es ist eine zutiefst menschliche Architektur, die sich hier manifestiert: Laubengänge dienen dem Schutz vor Wind und Wetter, breite, gewölbte Torbögen entsprechen dem Schutzbedürfnis der Menschen. Mittelalterliche Altstädte ähneln einem langsam und bedächtig gewachsenen Organismus; trotzdem waren sie – auf ihre Art – ebenso zweckbetont wie die auf dem Reißbrett geplanten Neustädte der Zwischen- und Nachkriegszeit.

Seite 29

Laubengänge unter Renaissancehäusern in der Innsbrucker Herzog-Friedrich-Straße. Diese Laubengänge sind eine Spezialität der Nord- und Südtiroler Städte; besonders Bozen ist dadurch bekannt. Die prunkvollen Renaissance- und Barock-Bürgerhäuser der Tiroler Landeshauptstadt erzählen von dem Reichtum, den die Stadt an der Grenze zwischen Norden und Süden schon vor Hunderten Jahren genoß. Magnus Beyrer rühmte die Stadt im 18. Jahrhundert: „Innsbruck zählt viele und sehr ansehnliche Gebäude, die jedoch meist ausserhalb der eigentlichen oder alten Stadt sich befinden . . . Erst nachdem Tirol unter eine eigene Linie des Erzhauses Oesterreich gekommen war, deren Fürsten durch Geschmack an Kunstwerken, vorzüglich in mechanischer, entweder zur größeren Bequemlichkeit oder auf Vergnügung vermittelst wohlgefälliger Form abziehender Rücksicht, sich ausgezeichnet haben, erhoben sich auch in unserer Stadt, als ihrer Residenz, mehrere

Gebäude in einem neuen und besseren Style. Daher findet man in der Neustadt so manche prachtvolle Palläste und schön gebaute Häuser."

Seite 30
Schmiedeeisernes Hauszeichen mit dem Doppeladler und Renaissanceerker in Rattenberg; ein Detail aus einem der schönsten mittelalterlichen Ensembles Österreichs. Haus an Haus reihen sich hier an der quer durch die Stadt führenden Hauptstraße spätgotische, Renaissance- und barocke Häuser aneinander, verziert mit breiten Bogeneingängen, achteckigen oder runden Erkern, schön bemalten Hausfassaden und Medaillons mit Heiligenstatuen.

Seite 31
Am Ende der Innsbrucker Maria-Theresien-Straße, Hauptverkehrsader und Mittelpunkt der Stadt, bietet das „Goldene Dachl" seine prächtige Front dem Beschauer dar. Hier, auf dem Platz vor dem spätmittelalterlichen Gebäude, fanden sich zu Kaiser Maximilians I. Zeiten fahrende Spielleute, Gaukler und Musikanten zusammen, um dem Hof Unterhaltung zu bieten; unter den schönen spätgotischen Maßwerkverzierungen erinnert das Porträt Maximilians und seiner zwei Frauen Maria von Burgund und Bianca Maria Sforza an jene Zeit. Die Maria-Theresien-Straße war also in zwei Richtungen zu sehen: als vom Hof wegführende Straße nach Süden, über den Brenner und nach Bozen, als Triumphstraße auf die Stadt zu. 1751 schrieb Johann Georg Keysler: „Das berühmte goldene Dächlein ist nur über einem Aerker der Hofkanzley. Die Stücken Kupfer, aus welchen es besteht, sind mit Goldbleche überzogen und mag dessen Verfertigung etwan zweymal hundert tausend Thlr. gekostet haben. Daß aber, wie das gemeine Volk glaubt, das Kupfer durch die Länge der Zeit, wegen des mit ihm verbundenen Goldbleches, auch selbst in Gold verwandelt worden sey, ziehe ich billig in Zweifel."

Seite 32
Die alte Apotheke in Weitra im niederösterreichischen Waldviertel bildet mit ihrer barock verschnörkelten Fassade nur einen Akzent im reizvollen Ensemble der Altstadt, die noch zahlreiche Renaissance- und Barockhäuser aufweist.

Seite 33
Läden wie diese, heute eine bestaunte Kuriosität, gehörten früher zum alltäglichen Straßenbild: Handwerker und Kaufleute hatten keine marktschreierische Reklame nötig, um ihre Waren an den Mann und an die Frau zu bringen: Jeder wußte, was wo um welchen Preis zu haben war. So war es nur nötig, dezent auf die bereitgelegten Waren hinzuweisen. Das gab den Straßenfronten von früher eine Unaufdringlichkeit, die man nun vermißt. Alte Geschäfte aus Salzburg *(links* und *rechts oben)*, Retz *(links unten)* und Krems *(rechts unten)* erzählen Märchen aus der Zeit vor der Erfindung der Werbeagenturen.

Seite 34
Hauszeichen hatten ursprünglich die Aufgabe unserer heutigen Hausnummern: sie dienten zur Bezeichnung und zum leichteren Auffinden einzelner Häuser. Darüber hinaus aber zeigten sie an, von wem das Haus bewohnt wurde, welchem

Beruf der Besitzer nachging – und sie dokumentierten das Ausmaß des Wohlstandes, der innerhalb der Mauern anzutreffen war. Heute sind diese Zeichen Aufputz alter Stadtbilder, sie geben den Gassen ihr unverkennbares Gepräge und vermitteln einen kleinen Einblick in den Stolz und das Selbstbewußtsein von Bürgern und Handwerkern aus einer Zeit, da sich statt anonymer Numerierung die Individualität des einzelnen noch in schmiedeeisen- und messingprunkendem Glanz äußerte. *Links oben:* Hauszeichen eines Fleischhauers in Steyr, Oberösterreich. *Links Mitte:* Die Kornähre und der Lehrbub mit dem Korb voll Gebäck am Rücken zeigen schon von weitem diesen Bäckerladen in Hallein im Salzburger Land an. *Links unten:* Der Markt Aschach an der Donau in Oberösterreich besitzt noch eine Reihe guterhaltener Wohnhäuser, zum Teil reich verziert und geschmückt, wie dieses mit dem Zeichen des österreichischen Doppeladlers. *Mitte oben:* Aus Schwaz in Tirol stammt dieses schmiedeeiserne Aushängeschild mit Pferd und Wagen und der herabhängenden Krone. *Mitte:* Bereits aus etwas späterer Zeit ist das Schild eines Hufschmieds in Enns in Oberösterreich, einer Stadt, deren Straßen und Gassen noch heute Zeugnis von der Blütezeit von Handel und Gewerbe ablegen. *Mitte unten:* Das alte Städtchen Retz im niederösterreichischen Weinviertel besitzt noch Fassaden mit kunstvollen Hauszeichen wie diesem, das einen Löwen, umgeben von Girlanden und feinsten Schnörkeln, zeigt. *Rechts oben:* Von all den Orten an Salzach und Inn zeigt Rattenberg in Tirol noch am besten erhalten den Charakter der alten Handelssiedlung. Zur Persönlichkeit der Stadt gehören Hauszeichen wie dieses, verziert mit Blättern und Blütenranken. *Rechts Mitte:* Zur Kennzeichnung der Poststation diente dieses Zeichen in Schwaz in Tirol: Der Postillion, die vierspännige Kutsche, darunter der österreichische Doppeladler im geschmückten Lorbeerkranz. *Rechts unten:* Der Löwe, umgeben von Weinranken, markiert dieses Haus in Hallein im Salzburger Land. Der Schriftzug „Löwenbräu, seit 1490“ unterstützt den Aufmerksamkeitswert des Zeichens.

Seite 35

Nicht wegzudenken aus dem Stadtbild der oberösterreichischen Stadt Steyr ist das „Bummerlhaus“. Das Patrizierhaus, das seit 1497 in der heutigen Gestalt besteht, hat seinen Namen von der über dem Eingang einen Löwen darstellenden Steckschildfigur, die im Volksmund mit einem kleinen Hund, einem „Bummerl“ verglichen wurde. Die Atmosphäre der ganzen Umgebung wird geprägt von der Vornehmheit des alten Rats- und Kaufherrenhauses, dessen spätmittelalterliche Pracht gerade noch rechtzeitig vor dem drohenden Verfall gerettet werden konnte.

Seite 36

Großbürgerlicher Reichtum und der Wunsch, zu repräsentieren, drückt sich in den alten Vierteln der oberösterreichischen Landeshauptstadt Linz aus. Die reichgegliederte Fassade dieses Hauses mit Erkern und detailreichen Fensterumrahmungen, gemalten Simsen und schmiedeeisernem Hauszeichen ist typisch für einen Baustil, der ein heute nahezu unvorstellbares Maß an Phantasie, Ideenreichtum, handwerklichem Geschick und Genauigkeit in der

Ausführung dokumentiert. Trotz vielfältigster architektonischer Einfälle fasziniert die Einheitlichkeit und Harmonie von Plätzen und Straßenzügen, die heute noch aus dieser Zeit erhalten sind.

Seite 37
Erker und Mauervorsprünge lassen die Gäßchen zwischen den Häusern noch näher zusammenrücken, wie zum Beispiel hier in einem der noch erhaltenen und frisch restaurierten Stadtteile von Linz an der Donau. Die hohen Fassaden, zum Teil gekrönt von Türmchen und steilen Dächern, machen die Straßen zu engen Schluchten. Die hellen Farben und die üppigen Stuck-Verzierungen lockern jedoch auf und verhindern, daß die Straßen und Plätze düster und bedrückend wirken.

Seite 38
Völlig neue Einblicke bieten sich dem Betrachter, der die oberösterreichische Stadt Steyr aus der Vogelperspektive sieht: eine stark gegliederte Landschaft von verschiedensten Dachformen, unterbrochen von Rauchfängen, Dachluken, ausgebauten Mansarden, geordnet durch parallellaufende Firste und unterschiedlichste Giebel. Die Straßen darunter sind kaum zu sehen, meistens sind es nur mehr die obersten Stockwerke der Gebäude, die die Orientierung und das Erkennen einzelner Plätze ermöglichen. Trotzdem wirkt die Stadt überschaubarer und weniger verwirrend aus der Sicht von oben.

Seite 39
*Links oben:* Anders als gewohnt wirken die Renaissance-Arkaden der Häuser von Wolfsberg in Kärnten, wenn man sie von oben betrachtet. Die alten Straßenverläufe, gekrümmt und verwinkelt zum Teil, zeichnen sich klar ab. Erst aus dieser Höhe kann man in die Höfe sehen und einen Eindruck von Architektur und Städtebau der Renaissance gewinnen. *Links unten:* Das Gassengeviert nördlich der Pfarrkirche von Braunau am Inn in Oberösterreich gehört zu den ältesten Teilen der Stadt. Die dichtgedrängten Sattel- und Krüppelwalmdächer und die schmalen Häuserfronten zeigen das Bestreben der Bürger, sich noch innerhalb der Stadtmauern ansiedeln zu können. *Rechts oben:* Das Dächergewirr von Gmunden am Traunsee, Oberösterreich, ehemals wichtiger Umschlagplatz für den Salzhandel, gibt nur wenig Einblick in die an vielen Wohnhäusern noch vorhandenen gotischen Details. Die unterschiedlichen Dachformen und -materialien, die Ungewohntheit der Perspektive und die baukastenähnlichen Proportionen machen den Reiz dieser von oben her gesehenen Stadtansichten aus. *Rechts unten:* Genauso wie Gmunden verdankt auch Hall in Tirol, das ehemalige Solbad, seinen Aufschwung und wohl auch seine Entstehung den Salzfunden im nördlichen Halltal, die bereits die Römer kannten. Die reizvollen Giebellinien der Häuser mit Grabendächern und Feuermauern, teilweise auch noch Zinnen und Türmchen, bilden immer neue Variationen.

Seite 40
Phantasievolle Details, wie die auf dieser Seite abgebildeten, sind ein wesentliches Element der Volksarchitektur; sie wiederzuentdecken und zu erhalten ist eine wichtige Aufgabe der Bewahrung

alten Bauguts. Fast unerschöpflich ist der Einfallsreichtum der Steinmetzen, Schmiede und Maler, die diese Torbögen in Graz, Stainz und Enns geschaffen haben.

Seite 41
Namensschilder und Hausnummern in Friedberg, Hartberg und Weitra – bald werden auch sie verschwunden sein.

Seite 42
Der Hauptplatz der oberösterreichischen Stadt Ried im Innkreis ist einer jener harmonisch gewachsenen kleinstädtischen Plätze, die ihre Individualität aus der Geschichte erworben und bis in die Gegenwart hinein erhalten haben. Ried ist die Stadt, in der sich nach den Wirren des Dreißigjährigen Krieges Hans Schwanthaler, der Stammvater des berühmten Bildhauergeschlechts, angesiedelt hat und die als Sitz der Hauptwerkstatt der durch fünf Generationen tätigen Künstler in die Kunstgeschichte eingegangen ist. Die Fassaden der Stadt wirken durch ihre schlichten, geometrischen Formen, die abwechslungsreichen Giebelkonturen, durch die phantasievollen Farben und die Kontraste zwischen Front und schmückenden Details wie Fensterumrahmungen unnd Dachsimsen.

Seite 43
Steyr, die „Eisenstadt" an der Mündung der Steyr in die Enns, hat sich dank der eingeengten, durch niedrige Bergrücken geschützten Lage das historische Stadtbild mit zahlreichen Bürgerhäusern des 15. bis 18. Jahrhunderts erhalten, die noch heute von der glanzvollen Epoche der bedeutenden Handelsstadt künden. Der Brunnen mit der Stifterfigur verleiht dem Platz mit der mächtigen Steinfassade eines dieser Bürgerhäuser im Hintergrund den Eindruck von Wohlhabenheit, das abgewalmte Dach und die starke horizontale Gliederung mit den streng geometrisch angeordneten Fenstern des Hauses drücken eine gewisse Abwehr und das Bedürfnis nach Sicherheit aus. Wer jedoch vorbeigeht an den Bogen des Erdgeschosses, wird etwas von der Atmosphäre der Entstehungszeit empfinden.

Seite 44
*Oben:* Kühn und phantasievoll erhebt sich der Brunnen aus der leichten Mulde des Residenzplatzes in Salzburg. Aus einem Wasserbecken mit kreuzförmigem Grundriß taucht ein Felsberg auf, aus dessen vier Höhlungen schnaubende Wasserrosse hervorbrechen. Drei auf der Felsspitze stehende Athleten tragen eine glatte, flache Schale. In ihr balancieren drei Delphine abermals eine kleinere, nunmehr gewellte Schale, in der ein Triton mit hocherhobener Muschel kniet, aus der ein dünner Wasserstrahl emporschießt. Der ganze Platz wird vom Brunnen beherrscht und bietet selbst durch seine gewaltige Weite die richtige Umgebung. Voll Leben, besonders im Sommer, ist er einer von jenen Plätzen, die bis heute noch Treffpunkt und Ort der Kommunikation geblieben sind.
*Unten:* Detail aus dem Residenzbrunnen: eines der wasserspeienden Rosse, deren faszinierende Lebendigkeit zusammen mit dem ständigen Plätschern dem Platz eine Stimmung von Aktivität und Leben verleihen. Der Meister dieser großartigen Schöpfung, in der die Vorbilder, die

italienischen Brunnen des Manierismus, wiederzuerkennen sind, ist unbekannt.

Seite 45
Der „Obere Platz" in St. Veit an der Glan wird als der schönste Platz Kärntens bezeichnet. Die südwestliche Platzhälfte, die als Festplatz dient, schmückt der barocke Florianibrunnen, der vermutlich nach dem großen Feuer von 1676 errichtet wurde. Seit 1960 bekrönt ihn eine Bronzestatue Walthers von der Vogelweide. In der nordwestlichen Hälfte des Platzes, der rundum von dreigeschossigen Häusern umschlossen ist, steht der Schüsselbrunnen, dessen Schale und Fuß noch aus römischer Zeit stammen.

Seite 46
Braunau am Inn ist die typische Bürgerstadt, die durch den Salzhandel und die Tuchmacherei zu Wohlstand und Ansehen gekommen ist. Stolze Bürgerhäuser kennzeichnen daher auch in erster Linie das Stadtbild, viele von ihnen sind leider 1874 bei einem verheerenden Stadtbrand zerstört oder beschädigt worden, die alten gotischen Giebel und das Rathaus fielen dem Feuer zum Opfer. Vieles blieb zum Glück erhalten, wie diese Hausfront. Im Vordergrund die Säulenfigur des Erlösers.

Seite 47
Eine der im Zentrum gelegenen Straßen von Schärding in Oberösterreich. Obwohl die Stadt bis in die napoleonische Zeit immer wieder von Kriegen zerstört und verwüstet worden ist, hat sich die mittelalterliche Stadtmauer mit Befestigungstürmen und Toren relativ gut erhalten. Auch von den barocken und klassizistischen Bürgerhäusern stehen noch einige, die meisten von ihnen zu neuem Glanz renoviert. Besondere Atmosphäre besitzt diese Straße: im Hintergrund die Fassade eines Bürgerhauses mit ausgeprägten Fenstereinfassungen, im Vordergrund, jenseits des kunstvollen Schmiedeeisengitters, die Figur des heiligen Georg, des Drachentöters.

Seite 48
Typische Dächerlandschaft in Steyr, Oberösterreich. Die Giebel der Häuser, die in einer Linie verlaufenden Fassaden und die im rechten Winkel dazu stehenden Dachfirste vermitteln den Eindruck einer bewegten Wasserfläche mit Wellen und Wellentälern. Die Masse der Bürgerhäuser in Steyr, deren schönste am Stadtplatz, am Grünmarkt und in den engen alten Gassen stehen, sind in ihrer Substanz und zum Teil auch noch in ihrer Einteilung und Fassadierung spätgotisch. Die Renaissance beschränkte sich vornehmlich auf die Erweiterung und Ausgestaltung der Höfe, der Spätbarock dagegen veränderte meist nur die Fassaden.

Seite 49
Steyr von oben: Exakt wie auf dem Reißbrett lassen sich die Verläufe der wichtigen Straßen, die Ausnehmungen von Plätzen und Gassenzwickeln erkennen. Auch noch aus größerer Entfernung kann man die vielen barockisierten Häuserfronten, die in ihrer Neigung einheitlichen Satteldächer und die wie Finger aufragenden Türme identifizieren. Die einst mächtigste und reichste Stadt des Landes Österreich ob der Enns, die durch

Gegenreformation und Franzosenkriege an Bedeutung verlor, nahm erst durch die Einführung der Waffenindustrie zu Beginn des 19. Jahrhunderts wieder einen Aufschwung.

Seite 50
Das Stadtbild von Frohnleiten in der Steiermark zeigt die typische Gedrängtheit kleinstädtischer Ansiedlungen. Lange Dächerreihen, Höfe, verkeilt zwischen Dächern und Mansarden, die man von unten gar nicht wahrnimmt. Das nahezu unübersehbare Labyrinth von Haupt- und Nebenstraßen wird jedoch aufgelockert durch das viele Grün, die vielen Stücke Natur, die gerade in kleineren Städten noch ganz selbstverständlich zwischen die Häuser integriert sind.

Seite 51
Der Blick von der ehemaligen Stiftskirche, der jetzigen Pfarrkirche St. Veit, über den Hauptplatz von Pöllau, Steiermark, das Zentrum des Marktes mit der Mariensäule. Hier zeigt sich noch deutlich die ursprüngliche Funktion des Marktplatzes, um den sich die Häuser scharen. Das Augustiner-Chorherrenstift, das auf eine Stiftung aus dem 16. Jahrhundert zurückgeht, wurde im 17. Jahrhundert ausgebaut. Der innere Rückgang des Klosters bewirkte jedoch 1785 dessen Auflösung, der Stiftsbau ist heute im Besitz der Gemeinde.

Seite 52
Die Pfarrkirche St. Stephan in Eggenburg bei Horn in Niederösterreich erscheint in Architektur und Ausstattung aufwendig und stattlich, was wohl damit zusammenhängt, daß die Pfarre, deren Bestand über 1135 zurückreicht, meist zur Dotierung hoher landesfürstlicher geistlicher Beamter verwendet wurde. Die beiden romanischen Osttürme von unterschiedlicher Höhe und Gliederung sind durch Rundbogenfriese und mit figürlichen Konsolen in Geschosse unterteilt. Das von schlanken Strebepfeilern gestützte Polygon des Langchores mit seinen hohen, dreiteiligen Maßwerkfenstern schiebt sich zwischen diesen beiden Türmen vor. Als man die Befestigung der Stadt anlegte und die Pfarrkirche mit einbezog, wurde sie durch einen eingeschossigen Bau direkt mit der Stadtmauer verbunden.

Seite 53
Der Hohe Platz der Stadt Wolfsberg in Kärnten mit der spätbarocken Mariensäule stellt eines jener Zentren dar, an denen man dutzendemal vorübergeht und wo man immer wieder die Ruhe und Harmonie empfindet, die von solchen Orten ausgehen kann. Die im Mittelalter stark befestigte Stadt besitzt noch zahlreiche Renaissancehäuser mit gut erhaltenen Laubenhöfen, einzig die Schauseiten dieser Gebäude sind inzwischen erneuert worden. Die durch Pilaster und Simse gegliederten Fassaden sind jedoch von einfacher Schlichtheit.

Seite 54
Die Stadt Weitra in Niederösterreich, eine Gründung Hadmars II. von Kuenring, ist ein gutes Beispiel für eine planmäßig gegründete Burgstadt. Ihr teilweise noch gut erhaltener Mauerring mit den alten Türmen ist nach Norden zu spornartig ausgeweitet. Am Osteingang zur

Stadt steht heute noch fast unverändert das alte Tor mit Rundzinnen und Schießscharten aus dem 17. Jahrhundert. Das Stadtwappen und der Wunsch „Gott bewahre die Stadt“ zieren das wehrhafte Gebäude. Ein langgezogener dreieckiger Platz, der eine Terrainstufe aufnimmt und den eine Art Anger ausfüllt, durchzieht die Stadt.

Seite 55
Auf dem Hauptplatz von Retz im niederösterreichischen Weinviertel steht seit 1561 wieder der ehemalige Pranger. Der Hauptplatz selbst zeigt eine beachtliche Geschlossenheit der Häuserreihen. In der Mitte dominiert das Rathaus, ein eigentümlicher Bau, der aus einem kirchenähnlichen Trakt mit Flachdach und einem polygonalen, mit Strebepfeilern versehenen Ostabschluß besteht. Sein bis heute erhaltenes Gepräge erhielt der Hauptplatz von Retz während der wirtschaftlichen Blütezeit im Laufe des 15. und 16. Jahrhunderts. (Der Pranger selbst geht vermutlich bis auf die Zeit der Stadtgründung im Jahr 1295 zurück.)

Seite 56
Den Kern der Stadt Drosendorf in Niederösterreich bildet ein großer, angerförmiger Dreiecksplatz, dessen Längsseiten von einstöckigen, überwiegend aus dem 16. Jahrhundert stammenden Häusern gesäumt werden. Besonders hübsch sind die reichverzierten Giebel mit unterschiedlichsten Formen und Schmuckelementen. Wenn sie auch verschiedentlich umgestaltet wurden, so wirken sie doch in der Geschlossenheit des Stadtbildes besonders reizvoll. Die Stadt Drosendorf bildete, gemeinsam mit Raabs, Hardegg und anderen, den wichtigen Grenzschutz gegen Mähren.

Seite 57
Sgraffito-Schmuck auf der Fassade eines Bürgerhauses in Weitra, Niederösterreich. Die Kombination von figürlichen und ornamentalen Dekorationen, die geometrischen Elemente als Abschluß auf der linken Seite und in der Höhe der Fenster des Untergeschosses sind eine Besonderheit im Straßenbild dieser Stadt. Wie viele von den Häusern am Stadtplatz hat auch dieses noch den geschwungenen Giebel des 17. Jahrhunderts. Die abwärts verlaufende Straße im Hintergrund weist die einheitliche Giebellinie auf, die für die Häuserfassaden jener Städte typisch ist.

Seite 58
Rund um den Hauptplatz von Retz verbergen viele Häuser hinter barocken Fassaden noch einen Altbestand aus dem 16. Jahrhundert mit Höfen, Erkern, Hallen und Portalen. Besonders hervorzuheben ist das Verderberhaus: zwei seitlich vorspringende, risalitartig wirkende Trakte fassen einen zurücktretenden Bauteil ein, durch den eine spitzbogige Straßendurchfahrt führt. Über ihr befindet sich ein Wappenschild mit dem Wahlspruch des ehemaligen Besitzers, eines Handelsherrn aus Görz. Den eigenartigen, burgähnlichen Charakter dieses Hauses steigert noch die Geschlossenheit der Zinnenbekrönung, deren variable Zierformen besonders reizvoll sind.

Seite 59
Die Ortschaft Mörbisch am See im Burgenland mit

ihren charakteristischen Hofgäßchen und alten Weinhauerhöfen besitzt eines der reizvollsten Ortsbilder des Burgenlandes. Als Straßendorf angelegt, wie fast alle Ortschaften des östlichsten Bundeslandes, zieht sich eine endlose Reihe von schmalseitigen Häuserfronten dahin, die Straße selbst vor der Haustür gehört mit zum Lebensraum der Bewohner. Ganz anders geartet als die Bürgerhäuser der Städte, strahlen die Häuser von Mörbisch eine Atmosphäre der Ruhe und Zufriedenheit aus.

SEITE 60

St. Margarethen im Burgenland ist in erster Linie wegen seines großen, malerischen Steinbruchs berühmt. Aber auch der Ort selbst, die Dorfstraße zwischen einfachen Häusern, haben ihren Reiz. Dicht aneinandergedrängte Giebel, kühle, weißgetünchte Mauern und die beschauliche Behäbigkeit kennzeichnen das typische burgenländische Dorf, in dem sich auch noch die Haustiere – Hunde, Katzen oder Gänse – ohne Gefahr auf die Straße wagen dürfen.